俵万智訳

みだれ髪

俵万智

河出書房新社

俵万智訳　みだれ髪◉目次

俵万智 訳

みだれ髪

与謝野晶子の原文は、『みだれ髪』（日本近代文学館刊の名著複刻全集）を底本とし、新字・旧カナとしました。

また原文は、著者の訂正などによる典拠の明らかな誤植については、正しました。

臙脂紫

夜の帳《ちやう》にささめき尽きし星の今を下界《げかい》の人の鬢《びん》のほつれよ

星たちが恋のささやき交わす今下界の我は心乱れる

歌にきけな誰れ野の花に紅《あか》き否《いな》むおもむきあるかな春罪《はるつみ》もつ子

青春の野に咲く花は恋の歌その紅色を否定しないで

髪《かみ》五尺ときなば水にやはらかき少女《をとめ》ごころは秘めて放たじ

たっぷりと湯に浮く髪のやわらかき乙女ごころは誰にも見せぬ

血ぞもゆるかさむひと夜の夢のやど春を行く人神おとしめな

血を燃やす一夜の夢を蔑むな恋とは神の意志なのだから

椿それも梅もさなりき白かりきわが罪問はぬ色桃《いろもゝ》に見る

桃だけが私の味方この恋を白き椿も梅も許さず

その子二十《はたち》櫛にながるる黒髪のおごりの春のうつくしきかな

二十歳とはロングヘアーをなびかせて畏《おそ》れを知らぬ春のヴィーナス

堂の鐘のひくきゆふべを前髪の桃のつぼみに経《きやう》たまへ君

鐘低き夕べに君よお経なら我が前髪の桃のつぼみに

紫にもみうらにほふみだれ篋《ばこ》をかくしわづらふ宵の春の神

脱ぎ捨てた着物の裏の紫を隠せはしない春の夜の神

臙脂《えんじ》色《いろ》は誰にかたらむ血のゆらぎ春のおもひのさかりの命《いのち》

臙脂色に渦巻く我が血、 我が思い 受けとめられる男おらぬか

紫の濃き虹説きしさかづきに映《うつ》る春の子眉毛《まゆげ》かぼそき

恋の虹を語るあなたに寄り添えば細き眉毛がグラスに映る

紺青《こんじやう》を絹にわが泣く春の暮やまぶきがさね友歌《とも》ねびぬ

色ならば我は紺青、春に泣く。友はやまぶき、歌をみがいて

まゐる酒に灯《ひ》あかき宵を歌たまへ女《をんな》はらから牡丹に名なき

酒を飲み歌詠む今宵女らは牡丹に主役をとられてしまう

海棠《かいだう》にえうなくときし紅《べに》すてて夕雨《ゆふさめ》みやる瞳《ひとみ》よたゆき

口紅もやめてしまおう海棠に降る夕雨を鬱々と見る

水にねし嵯峨の大堰《おほゐ》のひと夜《よ》神《がみ》絽《ろ》蚊帳《がや》の裾《すそ》の歌ひめたまへ

その蚊帳の裾なる歌は秘めおかん嵯峨の水辺の二人の夜の

春の国恋の御国のあさぼらけしるきは髪か梅花《ばいくわ》のあぶら

春の国恋の御国の朝がくる我が髪の香をシンボルとして

今はゆかむさらばと云ひし夜の神の御裾《みすそ》さはりてわが髪ぬれぬ

「行かなくちゃ」朝のワイシャツ着る君の裾を涙で濡らしてしまう

細きわがうなじにあまる御手《みて》のべてささへたまへな帰る夜の神

この夜が終わらぬように抱きしめて細き私のうなじ支えて

清水《きよみづ》へ祇園《ぎをん》をよぎる桜月夜《さくらづきよ》こよひ逢ふ人みなうつくしき

祇園よぎり清水へ行く桜月夜こよい逢う人みなうつくしき

秋の神の御衣《みけし》より曳《ひ》く白き虹ものおもふ子の額に消えぬ

秋の神のドレスの裾の白き虹もの想う少女の額の中へ

経《きやう》はにがし春のゆふべを奥の院の二十五菩薩歌うけたまへ

お経なんて読んでられない春の夕べ恋を聞いてよ二十五菩薩

山ごもりかくてあれなのみをしへよ紅《べに》つくるころ桃の花さかむ

山ごもりの二人の時間そのままにルージュ終われば桃の花咲く

とき髪に室《むろ》むつまじの百合のかをり消えをあやぶむ夜《よ》の淡紅色《ときいろ》よ

髪ほどき睦むベッドの百合の香の消えそうな夜、淡き紅色

雲ぞ青き来し夏姫《なつひめ》が朝の髪うつくしいかな水に流るる
夏姫が朝の黒髪梳くごとし水に流れる青空の雲

夜の神の朝のり帰る羊とらへちさき枕のしたにかくさむ
君乗せて帰る羊をつかまえて枕の下に隠したい朝

みぎはくる牛かひ男歌あれな秋のみづうみあまりさびしき
汀来る牛飼い男歌ってよ秋の湖はあまりに寂し

やは肌のあつき血汐《ちしほ》にふれも見でさびしからずや道を説く君

燃える肌を抱くこともなく人生を語り続けて寂しくないの

許したまへあらずばこその今のわが身うすむらさきの酒うつくしき

むらさきの酒美しき夜に許せ私を、いないほうがいい私を

わすれがたきとのみに趣味《しゆみ》をみとめませ説かじ紫その秋の花

この恋を忘れないでね秋草のあなたを解放してあげるから

人かへさず暮れむの春の宵ごこち小琴《をごと》にもたす乱れ乱れ髪

君待ちて暮れゆく春の宵ごころ琴に重なる乱れ乱れ髪

たまくらに鬢《びん》のひとすぢきれし音《ね》を小琴《をごと》と聞きし春の夜の夢

手枕に髪の一筋切れた音を琴の音と聞く春の夜の夢

春雨に濡れてあなたが来る夕べぽっと恥じらう海棠の花

春雨《はるさめ》にぬれて君こし草の門《かど》よおもはれ顔の海棠《かいだう》の夕

草が囁く「少女よ恋に酔いなさいいつか涙を知るその日まで」

小草《をぐさ》いひぬ『酔へる涙の色にさかむそれまで斯くて覚めざれな少女《をとめ》』

牧場いでて南にはしる水ながしさても緑の野にふさふ君

牧場から南へ走る小川あり　なんて緑が似合う男よ

春よ老いな藤によりたる夜《よ》の舞殿《まひどの》ゐならぶ子らよ束《つか》の間《ま》老いな

藤咲きて舞姫並ぶ夜の舞台春よ老いるな姫よ老いるな

雨みゆるうき葉しら蓮《はす》絵師の君に傘まゐらする三尺の船

蓮池に雨降りはじめ絵師の君の小舟に我は傘さしかける

御《み》相《さう》いとどしたしみやすきなつかしき若葉《わかば》木立《こだち》の中《なか》の盧《る》遮那《しやな》仏《ぶつ》

ハンサムで親しみやすい顔をして若葉木立の中の盧遮那仏

さて責むな高きにのぼり君みずや紅《あけ》の涙の永劫《えうごふ》のあと

責めないで恋の涙を、見えないの永久《とわ》の思いが、君の場所から

春雨にゆふべの宮《みや》をまよひ出でし小羊君《こひつじきみ》をのろはしの我れ

春雨の夕べに家を捨ててきた我は小羊あなたを呪う

ゆあみする泉の底の小百合花《さゆりばな》二十《はたち》の夏をうつくしと見ぬ

バスタブに二十歳の身体を沈めれば泉の底の白百合の花

みだれごこちまどひごこちぞ頻なる百合ふむ神に乳《ち》おほひあへず

乱れ乱れ惑い惑いて神と見るあなたに裸の乳房をさらす

くれなゐの薔薇《ばら》のかさねの唇に霊の香のなき歌のせますな

くれないの薔薇を重ねたくちびるは情熱香る歌を詠むべし

旅のやど水に端居《はしゐ》の僧の君をいみじと泣きぬ夏の夜の月

旅の宿に川を見つめる僧ありて恋したことも夏の夜の月

春の夜の闇《やみ》の中《なか》くるあまき風しばしかの子が髪に吹かざれ
春の夜の闇から届く甘き風は恋そそのかす気をつけなさい

水に飢えて森をさまよふ小羊のそのまなざしに似たらずや君
水を求め森をさまよう小羊のまなざしで今君を見つめる

誰ぞ夕《ゆふべ》ひがし生駒《いこま》の山の上のまよひの雲にこの子うらなへ
生駒山の夕べさまよう雲たちで誰か私の恋占って

悔いますなおさへし袖に折れし剣《つるぎ》つひの理想《おもひ》の花に刺《とげ》あらじ

君の剣折れたことなど悔いますな我らの理想の花に刺なし

額《ぬか》どしに暁《あけ》の月みる加茂川の浅水色《あさみづいろ》のみだれ藻染《もぞめ》よ

暁の月を映せる加茂川は淡きブルーのみだれ模様なり

御袖《みそで》くくりかへりますかの薄闇《うすやみ》の欄干《おばしま》夏の加茂川の神

袖まくり帰るのですか加茂川の神よ薄闇の夏の欄干

なほ許せ御国遠くば夜《よ》の御神《みかみ》紅盃船《べにざらふね》に送りまゐらせむ

夜の神よ帰らないでね帰るなら我が紅皿の船を出しましょう

狂ひの子われに焔《ほのほ》の翅《はね》かろき百三十里あわただしの旅

狂おしく燃える思いを羽として500キロ一気に飛びます、君へ

今ここにかへりみすればわがなさけ闇《やみ》をおそれぬめしひに似たり

今ここに振り返るなら我が恋は闇を恐れぬ盲目の人

うつくしき命を惜しと神のいひぬ願ひのそれは果してし今

命かけて願った恋が実ってもまだ生きているこの恋のため

わかき小《を》指《ゆび》胡《ご》粉《ふん》をとくにまどひあり夕ぐれ寒き木蓮の花

白絵の具ときつつ惑う肌寒き夕べ木蓮は純粋すぎて

ゆるされし朝よそほひのしばらくを君に歌へな山の鶯

鶯よ歌え二人の朝のためメイクアップがまだ終わらない

ふしませとその間《ま》さがりし春の宵衣桁《いかう》にかけし御袖かつぎぬ

おやすみを言って別れた春の宵あなたのシャツに顔を埋める

みだれ髪を京の島田にかへし朝ふしてゐませの君ゆりおこす

朝シャンにブローした髪を見せたくて寝ぼけまなこの君ゆりおこす

しのび足に君を追ひゆく薄月夜《うすづきよ》右のたもとの文がらおもき

そっとそっと君についてく月の夜　重たいほどの手紙抱えて

草原に紫の影落としおり春かぜが髪を梳かしゆく朝

紫に小草《をぐさ》が上へ影おちぬ野の春かぜに髪けづる朝

絵日傘を投げて小川を渡ろうよ足にやさしき春の体温

絵日傘をかなたの岸の草になげわたる小川よ春の水ぬるき

君の部屋の壁に恋歌書きたくて飛び出してきた二百里の旅

しら壁へ歌ひとつ染めむねがひにて笠はあらざりき二百里の旅

嵯峨の君を歌に仮《か》せなの朝のすさびすねし鏡のわが夏姿

二人きりの嵯峨のつもりが君は歌会　すねた私を鏡に映す

ふさひ知らぬ新婦《にひびと》かざすしら萩に今宵の神のそと片笑《かたゑ》みし

髪に挿すしら萩に隠したき思い見抜かれている、君の微笑み

ひと枝の野の梅をらば足《た》りぬべしこれかりそめのかりそめの別れ

ひと枝の野の梅だけで充分よこれはかりそめ、かりそめの別れ

鶯は君が夢よともどきながら緑のとばりそとかかげ見る

「そら耳よ鶯なんて」と言いながら緑のカーテン開けてみる朝

紫の虹の滴《したゝ》り花におちて成りしかひなの夢うたがふな

紫の虹のしずくを抱きとめて咲かせる花を恋と呼ぶなり

ほととぎす嵯峨へは一里京へ三里水の清滝《きよたき》夜の明けやすき

嵯峨へ一里京都へ三里清滝はほととぎす鳴き明けやすき夜

紫《むらさき》の理想《りさう》の雲はちぎれ〳〵仰ぐわが空それはた消えぬ

我が恋の理想と仰ぐ紫の雲がちぎれて消えてゆくなり

乳ぶさおさへ神秘《しんぴ》のとばりそとけりぬここなる花の紅《くれなゐ》ぞ濃き

乳房おさえ神秘のベールをそっと蹴るそのとき我は紅い花びら

神の背《せな》にひろきながめをねがはずや今かたかたの袖むらさき

恋の神の広き背中にさあおいでもう片方の紫の袖

とや心朝の小琴《をごと》の四つの緒のひとつを永久《とは》に神きりすてし

四弦の琵琶の一弦切るように神様が切る恋の一弦

ひく袖に片笑《かたゑみ》もらす春ぞわかき朝のうしほの恋のたはぶれ

波がほら、邪魔しにくるよと袖ひけば朝の渚の君の微笑み

くれの春隣すむ画師《ゑし》うつくしき今朝《けさ》山吹に声わかかりし

隣人の画家が気になる春の暮れ山吹越しの声が若くて

郷人《さとびと》にとなり邸《やしき》のしら藤の花はとのみに問ひもかねたる

ふるさとの君を思えど「あの家の藤の花は？」とだけ聞いておく

人にそひて樒《しきみ》ささぐるこもり妻《づま》母なる君を御墓《みはか》に泣きぬ

まだ母と呼べない人の墓参り君を生みし人に樒ささげる

なにとなく君に待たるるここちして出でし花野の夕月夜かな

なんとなく君が待ってる気がしたの花野に出れば月がひらひら

おばしまにおもひはてなき身をもたせ小萩をわたる秋の風見る

物思いだらけの体を欄干にあずける、萩を揺らす秋風

ゆあみして泉を出でしわがはだにふるるはつらき人の世のきぬ

湯上がりの乙女の肌を覆うのは世間という名のつらき洋服

手放した琴の奏でる曲ひびき夕暮れどきの黒百合折れる

売りし琴にむつびの曲《きよく》をのせしひびき逢魔《あふま》がどきの黒百合折れぬ

ブラウスの袖からすべり落ちてゆく蛍の光、夜風が青い

うすものの二尺のたもとすべりおちて蛍ながるる夜風《よかぜ》の青き

恋は未知　目覚めの我に野は広く名もなき夏の小川のうつくし

恋ならぬねざめたたずむ野のひろさ名なし小川のうつくしき夏

このおもひ何とならむのまどひもちしその昨日《きのふ》すらさびしかりし我れ

この恋のゆくえわからぬ昨日さえ寂しかったよ今はゆくえが見える

おりたちてうつつなき身の牡丹見ぬそぞろや夜《よる》を蝶のねにこし

牡丹ぼたん悩める我をうけとめて　それとも蝶のベッドになるの

その涙のごふゑにしは持たざりきさびしの水に見し二十日月《はつかづき》

その人の涙をぬぐうことはせず我も寂しく見る二十日月

水十里ゆふべの船をあだにやりて柳による子ぬかうつくしき（をとめ）

夕暮れの船のつれなき旅人を柳のかげに見送る乙女

旅の身の大河《おほかは》ひとつまどはむや徐《しづ》かに日記《にき》の里の名けしぬ（旅びと）

大河ひとつ越えねばならぬ我ゆえに愛しき名前は消す旅日記

傘を手に朝の水くみする我や穂麦あおあお小雨ふる里

小傘《をがさ》とりて朝の水くみ我とこそ穂麦《ほむぎ》あをあを小雨《こさめ》ふる里

何の音？　小窓から見る小川には小雨降りおり山吹の散る

おとに立ちて小川をのぞく乳母が小窓《こまど》小雨《こさめ》のなかに山吹のちる

恋か血か牡丹に尽きし春のおもひとのゐの宵のひとり歌なき

恋か血か牡丹を染める春の赤　宿直《とのゐ》の我に歌を詠ませず

長き歌を牡丹にあれの宵の殿妻《おとど》となる身の我れぬけ出でし

牡丹見て長歌作れの命あれど恋は歌えず妻となる我

春三月《みつき》柱《ぢ》おかぬ琴に音たてぬふれしそぞろの宵の乱れ髪

立てかけた琴に触れたる乱れ髪　青春の歌はかくて生まれる

いづこまで君は帰るとゆふべ野にわが袖ひきぬ翅《はね》ある童《わらは》

たそがれの野は恋の国　帰るなと我を誘惑するキューピッド

ゆふぐれの戸に倚り君がうたふ歌『うき里去りて往きて帰らじ』

夕暮れの戸に寄り君がうたう歌「つらい世間にゃおさらばしたい」

さびしさに百二十里をそぞろ来ぬと云ふ人あらばあらば如何ならむ

「逢いたくて500キロひたすら来たんだ」とそんなあなたがいたなら、いたなら

君が歌に袖かみし子を誰と知る浪速の宿は秋寒かりき

君の歌、恋の歌見て爪を嚙む大阪の宿の秋寒かりき

その日より魂にわかれし我れむくろ美しと見ば人にとぶらへ

美しという語も弔辞その日から魂なくした我は亡骸

今の我に歌のありやを問ひますな柱《ち》なき纖絃《ほそいと》これ二十五絃《げん》

恋なくて恋の歌なし我は今琴柱《ことじ》なくした二十五の絃

神のさだめ命のひびき終《つひ》の我世琴《こと》に斧《をの》うつ音ききたまへ

恋が終わる命が終わる我が終わる琴に斧うつひびき残して

人ふたり無才《ぶさい》の二字を歌に笑みぬ恋《こひ》二万年《ねん》ながき短き

「二人とも才能ないね」と笑いおり歌より重き恋というもの

蓮の花船

漕ぎかへる夕船《ゆふぶね》おそき僧の君紅蓮《ぐれん》や多きしら蓮《はす》や多き

夕船の僧よあなたの心には紅蓮が咲くの？　しら蓮が咲くの？

あづまやに水のおときく藤の夕はづしますなのひくき枕よ

藤の花、川のせせらぎ、夕ぐれのあづまやに君の枕を探す

御袖ならず御髪《みぐし》のたけときこえたり七尺いづれしら藤の花

七尺の髪を垂らせる乙女いて嫉妬しているしら藤の花

夏花のすがたは細きくれなゐに真昼《まひる》いきむの恋よこの子よ

すらりきらり真昼真夏に赤く咲く夏花のように育てこの恋

肩おちて経《きやう》にゆらぎのそぞろ髪をとめ有心者《うしんじや》春の雲こき

経の上にゆらゆら髪を垂らしてる乙女と僧よ春の雲こき

東風に吹かれて若枝にからむ髪その遠景の虹うつくしき

とき髪を若枝《わかえ》にからむ風の西よ二尺に足らぬうつくしき虹

うながされ車を下りる水際の闇の反橋、紫の藤

うながされて汀《みぎは》の闇《やみ》に車おりぬほの紫の反橋《そりはし》の藤《ふぢ》

恋人の唄声にふと手をとめる我を見透かす姉のほほえみ
われとなく梭《をさ》の手とめし門《かど》の唄姉《うた》がゑまひの底はづかしき

湯上がりにおしゃれした吾に惚れ惚れすそんな昔がなくはなかった
ゆあがりのみじまひなりて姿見に笑みし昨日《きのふ》の無きにしもあらず

男の子見ている前で毬を落とし「知らない」と逃げた少女時代よ
人まへを袂すべりしきぬでまり知らずと云ひてかかへてにげぬ

男雛女雛ひとつの箱にしまうとき桃には内緒でふと思うこと

ひとつ筺《はこ》にひひなをさめて蓋《ふた》とぢて何となき息《いき》桃にはばかる

かいま見た奈良のはずれの若葉宿まゆ美しき男なつかし

ほの見しは奈良のはづれの若葉《わかば》宿《やど》うすまゆずみのなつかしかりし

紅《あけ》に名の知らぬ花さく野の小道《こみち》いそぎたまふな小傘《をがさ》の一人《ひとり》

名も知らぬ花さえ赤く咲く道をなぜなぜ急ぐ小傘の人よ

くだり船昨夜《よべ》月かげに歌そめし御堂《みだう》の壁も見えず見えずなりぬ

月かげに歌書きつけた寺の壁　はなれはなれて船くだりゆく

師の君の目を病みませる庵《いほ》の庭へうつしまゐらす白菊の花

まなこ病める師のため庭に移し植える白菊の花見えますように

文字ほそく君の歌ひとつ書いてみる玉虫の棲む小箱の蓋に

文字ほそく君が歌ひとつ染めつけぬ玉虫《たまむし》ひめし小筥《こばこ》の蓋《ふた》に

鳥を呼ぶ妹の声、妹の爪先ぬらす夕暮れの雨

ゆふぐれを籠へ鳥よぶいもうとの爪先《つまさき》ぬらす海棠の雨

ゆく春をえらびよしある絹袷衣《きぬあはせ》ねびのよそめを一人《ひとり》に問ひぬ

ゆく春に選んだ絹の着物あり「これだとちょっと老けて見えない？」

ぬしいはずとれなの筆の水の夕そよ墨足らぬ撫子《なでしこ》がさね

この夕べ誰でもよいから筆をとれ才能の墨が我には足りず

母よびてあかつき問ひし君といはれそむくる片頬柳にふれぬ

旅人の君を見送る朝母に「早起きねえ」と言われうつむく

のろひ歌かきかさねたる反古《ほご》とりて黒き胡蝶をおさへぬるかな

呪い歌ばかりの反古でつかまえる黒き胡蝶は我の手のなか

額《ぬか》しろき聖よ見ずや夕ぐれを海棠に立つ春夢見姿《はるゆめみすがた》

美しき僧よあなたは見ないのか夕暮れ、海棠、夢見る乙女

笛の音に法華経うつす手をとどめひそめし眉よまだうらわかき

笛の音に法華経写す手をとめてひそめた眉に若さがひかる

白檀《びやくだん》のけむりこなたへ絶えずあふるにくき扇をうばひぬるかな

白檀のけむりを私へおくる君にくらしい人その扇まで

母なるが枕経《まくらぎやう》よむかたはらのちひさき足をうつくしと見き

母が読む死者への弔いその横に幼きものの美しき足

わが歌に瞳《ひとみ》のいろをうるませしその君去りて十日たちにけり

わが歌に目をうるませた鉄幹よ君去りて十日と思う十日と

かたみぞと風なつかしむ小扇のかなめあやふくなりにけるかな

思い出の風を味わう思い出の扇のかなめ壊れるほどに

春の川のりあひ舟のわかき子が昨夜《よべ》の泊《とまり》の唄《うた》ねたましき

春の川のりあい舟の青年が歌う昨夜の唄ねたましき

泣かで急げやは手にはばき解くゑにしゑにし持つ子の夕を待たむ

旅人よ泣かずに行けよ今夜には今夜の宿の縁があるから

燕なく朝をはばきの紐《ひも》ぞゆるき柳かすむやその家《や》のめぐり

燕啼く朝の旅立ち宿の娘の結んでくれし靴紐かなし

小川われ村のはづれの柳かげに消えぬ姿を泣く子朝見《あさみ》し

恋人を見送り泣く娘《こ》の柳かげ小川の我が見守っている

鶯に朝寒からぬ京の山おち椿ふむ人むつまじき

早春の鶯の鳴く京の山に若きカップルが踏む落ち椿

道たま〳〵蓮月が庵のあとに出でぬ梅に相行く西の京の山

蓮月の庵に出合う京の山　梅の季節をあなたと行けば

君が前に李青蓮説くこの子ならずよき墨なきを梅にかこつな

梅のせい？　詩ができぬのは　君の前に今さら李白のことなど言わず

あるときはねたしと見たる友の髪に香の煙のはひかかるかな

あるときは妬ましかった友の髪にいま弔いの煙がかかる

わが春の二十姿《はたちすがた》と打ぞ見ぬ底くれなゐのうす色牡丹

紅《くれない》の牡丹を見ればまさにわが二十の春の姿と思う

春はただ盃にこそ注《つ》ぐべけれ智慧あり顔の木蓮や花

青春はグラスに満たす赤ワイン　木蓮の白なんか無視して

さはいへど君が昨日《きのふ》の恋がたりひだり枕の切なき夜半よ

過去のこととは思っても眠られず君から聞いた恋物語

人そぞろ宵の羽織の肩うらへかきしは歌か芙蓉《ふよう》といふ文字

落ち着きのない恋人よジャケットの裏に彼女の名前が透ける

琴の上に梅の実おつる宿の昼よちかき清水に歌ずする君

琴の上に梅の実落ちる宿の昼君は小川で歌口ずさむ

うたたねの君がかたへの旅づつみ恋の詩集の古きあたらしき

うたたねの君に寄り添う旅行カバンその中にある恋の詩集よ

戸に倚りて菖蒲《あやめう》売る子がひたひ髪にかかる薄靄《うすもや》にほひある朝

菖蒲売る娘の額の髪やさし朝の薄靄そっと纏いて

五月雨《さみだれ》もむかしに遠き山の庵通夜《つや》する人に卯《う》の花いけぬ

五月雨が遠い昔のことのよう山中の通夜に活ける卯の花

四十八寺《ち》そのひと寺《てら》の鐘なりぬ今し江の北雨雲《あまぐも》ひくき

寺多き町のひとつの鐘がなる河の北には低き雨雲

人の子にかせしは罪かわがかひな白きは神になどゆづるべき

恋人に与える我の腕枕その白さには罪などあらず

ふりかへり許したまへの袖だたみ闇《やみ》くる風に春ときめきぬ

「簡単にたたんでおくわ」春の夜の風にあなたのシャツが匂った

夕ふるはなさけの雨よ旅の君ちか道とはで宿とりたまへ

この雨は我が心なり旅人よ今夜はここにとどまりたまえ

岩を離れ谷を下りて躑躅を折りて小川で別れた都の絵描き

巌《いは》をはなれ谿《たに》をくだりて躑躅《つゝじ》をりて都の絵師と水に別れぬ

春の日の恋のためいき旅人がもたれる白壁、藤のたそがれ

春の日を恋に誰れ倚るしら壁ぞ憂きは旅の子藤たそがるる

日本髪の油の跡は物思い　壁に李の花ちりかかる

油《あぶら》のあと島田のかたと今日《けふ》知りし壁に李《すもゝ》の花ちりかかる

うなじ手にひくきささやき藤の朝をよしなやこの子行くは旅の君

旅立ちの朝のあなたの手が触れたうなじと囁き聞いたこの耳

まどひなくて経ずする我と見たまふか下品《げぼん》の仏《ほとけ》上品《じやうぼん》の仏《ほとけ》

惑いなく経読む我のはずがない下品の仏よ上品の仏よ

ながしつる四つの笹舟《さゝぶね》紅梅を載せしがことにおくれて往きぬ

流しやる四つの笹舟紅梅を載せた一つがことに遅れて

奥の室《ま》のうらめづらしき初声《うぶごゑ》に血の気のぼりし面《おも》まだ若き

初産の声こぼれきて赤くなる父となりたる顔の若さよ

人の歌をくちずさみつつ夕よる柱つめたき秋の雨かな

恋人の歌くちずさむこの夕べ冷たき秋の雨降るばかり

小百合さく小草がなかに君まてば野末にほひて虹あらはれぬ

小百合咲く草原の中に君待てば野の果てゆらりと虹あらわれる

かしこしといなみていひて我とこそその山坂を御手に倚らざりし

恋人の手には頼らず登る山　彼の墓参の坂道なれば

鳥辺野は御親の御墓あるところ清水坂《きよみづざか》に歌はなかりき

鳥辺野に君の御親の眠れると思えば恋の歌は生まれず

御親まつる墓のしら梅中《なか》に白く熊笹《くまざさ》小笹《をざさ》たそがれそめぬ

御親眠る墓を見守る白梅の根元の笹にたそがれは来る

男《をとこ》きよし載するに僧のうらわかき月にくらしの蓮《はす》の花船《はなぶね》

美しき僧を照らした月光が憎いよ蓮の池をゆく船

経にわかき僧のみこゑの片明《かたあか》り月の蓮船《はすぶね》兄こぎかへる

読経には艶やかすぎる僧の声兄漕ぎかえる蓮見の船に

浮葉きるとぬれし袂の紅《あけ》のしづく蓮《はす》にそそぎてなさけ教へむ

袖濡らし紅のしずくを注ぎやる白き蓮にも恋教えんと

こころみにわかき唇ふれて見れば冷かなるよしら蓮の露

試みに若き唇ふれてみる白蓮の露は冷やかな味

明くる夜の河はばひろき嵯峨の欄《らん》きぬ水色の二人《ふたり》の夏よ

後朝《きぬぎぬ》の嵯峨の欄干に寄り添って我らの浴衣の水色の夏

藻の花のしろきを摘むと山みづに文がら濡《ひ》ぢぬうすものの袖

藻の花の白きを摘めばうすものの袖と恋文濡れてしまいぬ

牛の子を木陰に立たせ写生する君のゆかたに散る柿の花

牛の子を木かげに立たせ絵にうつす君がゆかたに柿の花ちる

真っ白な扇が自慢の君だった　恋の短歌を書いたのは誰

誰が筆に染めし扇ぞ去年《こぞ》までは白きをめでし君にやはあらぬ

おもざしの似たるにまたもまどひけりたはぶれますよ恋の神々《かみ〴〵》

彼に似た人にまた会いまた惑う恋の神さまはいたずらが好き

五月雨《さみだれ》に築土《ついち》くづれし鳥羽殿《とばどの》のいぬゐの池におもだかさきぬ

五月雨が鳥羽の離宮の荒廃を洗えば池におもだかの花

つばくらの羽《はね》にしたたる春雨をうけてなでむかわが朝寝髪

春雨に濡れる燕の羽のしずく朝のヘアムースに使いたい

しら菊を折りてゑまひし朝すがた垣間みしつと人の書きこし

白菊を折って微笑む朝の我をちらりと見たというラブレター

八つ口をむらさき緒もて我れとめじひかばあたへむ三尺の袖

ペアルックなんか着ないわ新しい服をくれるという人が彼

春かぜに桜花ちる層塔《そうたふ》のゆふべを鳩の羽《は》に歌そめむ

春風に桜花散るこの夕べ鳩たちの羽に歌を書きたい

憎からぬねたみもつ子とききし子の垣の山吹歌うて過ぎぬ

ちょっとした嫉妬を我に持つ人が鼻唄まじりに垣根を過ぎる

おばしまのその片袖ぞおもかりし鞍馬を西へ流れにし霞

欄干の袖さえ重き別れなり鞍馬山《くらまやま》には西への霞

ひとたびは神より更ににほひ高き朝をつつみし練《ねり》の下襲《したがさね》

神よりも気高き恋のその朝の我を包んだシルクの下着

白百合

月の夜の蓮《はす》のおばしま君うつくしうら葉の御歌《みうた》わすれはせずよ

月の夜の蓮池の君うつくしく葉の裏に書きし御歌忘れず

たけの髪をとめ二人《ふたり》に月うすき今宵しら蓮《はす》色まどはずや

髪長き我ら二人を照らす月　白蓮なんか脇役にして

師の君が葉の裏に書く上の句よ続きを書くのは我か彼女か

荷葉《はす》なかば誰にゆるすの上《かみ》の御句《みく》ぞ御袖《みそで》片取《かたと》るわかき師の君

鉄幹を思う心に差はなくて君が晶子か我が登美子か

おもひおもふ今のこころに分ち分かず君やしら萩われやしろ百合

それぞれの人間界へと手を振って別れた昨夜、我ら星の子

いづれ君ふるさと遠き人の世ぞと御手はなちしは昨日《きのふ》の夕

三たりをば世にうらぶれしはらからとわれ先づ云ひぬ西の京の宿
「三人はわびしい兄と妹ね」京都の宿での私のセリフ

今宵《こよひ》まくら神にゆづらぬやは手なりたがはせまさじ白百合の夢
白百合の君のおかげで結ばれた今夜神にも負けぬ我が肌

夢にせめてせめてと思ひその神に小百合の露の歌ささやきぬ

彼の耳にあなたの歌をささやいた　夢で逢ってね、ごめんね、登美子

次のまのあま戸そとくるわれをよびて秋の夜いかに長きみぢかき

隣室の我の気配に気がついて「昨夜は眠れた？」などと言う君

友のあしのつめたかりきと旅の朝わかきわが師に心なくいひぬ

友人の足の冷たさ師に言いてのちに後悔せり旅の朝

ひとまおきてをりをりもれし君がいきその夜しら梅だくと夢みし

隣室の君の寝息を聞きながらその夜は君を抱く夢を見る

いはず聴かずただうなづきて別れけりその日は六日二人《ふたり》と一人《ひとり》

言葉なくただ頷いて別れけりその日は六日二人と一人

もろ羽かはし掩ひしそれも甲斐なかりきうつくしの友西の京の秋

二人の羽で守れど甲斐なし美しき登美子の決意、京都の秋に

星となりて逢はむそれまで思ひ出でな一つふすまに聞きし秋の声

星となり再会するまで忘れよう同じベッドで聴いた秋の声

人の世に才秀でたるわが友の名の末かなし今日《けふ》秋くれぬ

才能のある友が今日平凡に嫁ぎゆくなり秋の夕暮れ

星の子のあまりによわし袂あげて魔にも鬼にも勝《か》たむと云へな

星の子のあなたあまりに弱かった封建的な悪魔の前に

百合の花わざと魔の手に折らせおきて拾ひてだかむ神のこころか

百合の花の君を悪魔に手折らせてのちに拾うという神の意志

しろ百合はそれその人の高きおもひおもわは艶《にほ》ふ紅芙蓉《べにふよう》とこそ

白百合の君の心は百合の白なれど美貌は紅芙蓉なり

さはいへどそのひと時よまばゆかりき夏の野しめし白百合の花

白百合の君の花にて占められた「明星」という夏野もありぬ

友は二十《はたち》ふたつとしたる我身なりふさはずあらじ恋と伝へむ

友は二十我は二十二この距離を恋と呼んでもおかしくはない

その血潮ふたりは吐かぬちぎりなりき春を山蓼《やまたで》たづねますな君

山蓼は秋の思い出いまは春あなた私のことだけを見て

秋を三人《みたり》椎の実なげし鯉やいづこ池の朝かぜ手と手つめたき

この池に三人で来た秋もある少し冷たい今朝の君の手

かの空よ若狭《わかさ》は北よわれ載せて行く雲なきか西の京の山
友の住む若狭《わかさ》は北よ我を載せてゆく雲なきか京都の空よ

ひと花はみづから渓にもとめきませ若狭の雪に堪へむ紅《くれなゐ》
みずからの力で花を咲かせてね若狭の雪に堪える紅

『筆のあとに山居《やまゐ》のさまを知りたまへ』人への人の文さりげなき
「筆跡に山の暮らしをご想像ください」さりげなきラブレター

京はもののつらきところと書きさして見おろしませる加茂の河しろき

「京に君の追憶つらし」と書きさして夫が見下ろす川のしらじら

恨みまつる湯におりしまの一人居《ひとりゐ》を歌なかりきの君へだてあり

それぞれの時間を過ごすバスタイムあなたは私の歌を詠まない

秋の衾《ふすま》あしたわびし身うらめしきつめたきためし春の京に得ぬ

身をひいた友をわびしと思う間もなくて京都に冷たき試練

わすれては谿へおりますうしろ影ほそき御肩《みかた》に春の日よわき

彼女との思い出の草探しゆく細きあなたの肩の春の日

京の鐘この日このとき我れあらずこの日このとき人と人を泣きぬ

京の鐘　去年のこの日このときと友を思いて我らは泣きぬ

琵琶の海山ごえ行かむいざと云ひし秋よ三人《みたり》よ人そぞろなりし

琵琶湖まで行こうと言った三人の秋よ三様の心抱えて

京の水の深み見おろし秋を人の裂きし小指《をゆび》の血のあと寒き

京の水見おろしていた秋の女の小指の血文字の文の寒さよ

山蓼のそれよりふかきくれなゐは梅よはばかれ神にとがおはむ

山蓼は彼女の記憶の紅なれば遠慮して咲け梅のくれなゐ

魔のまへに理想《おもひ》くだきしよわき子と友のゆふべをゆびさしますな

理想捨て嫁ぐ彼女を簡単に弱い女と言わないでほしい

魔のわざを神のさだめと眼を閉ぢし友の片手の花あやぶみぬ

運命と嫁いでゆきし友の手に残る短歌の花を危ぶむ

歌をかぞへその子この子にならふなのまだ寸《すん》ならぬ白百合の芽よ

白百合の芽を持つ若き人たちよ振り回されず我が歌を詠め

はたち妻

草露に目覚めれば今夢に見た野の色そして紫の虹

露にさめて瞳《ひとみ》もたぐる野の色よ夢のただちの紫の虹

破《や》れ壁にティツィアーノの絵はつらいけど我らには愛と才能の瓶《かめ》

やれ壁にチチアンが名はつらかりき湧く酒がめを夕に秘めな

何となきただ一ひらの雲に見ぬみちびきさとし聖歌《せいか》のにほひ

なんとなく漂う雲のひとひらに賛美歌のような救いが見える

神にそむきふたたびここに君と見ぬ別れの別れさいへ乱れじ

神にそむき再会をせり別れてももうこわくないまた逢えるから

淵の水になげし聖書を又もひろひ空《そら》仰ぎ泣くわれまどひの子

深き淵に投げた聖書をまた拾い空仰ぎ泣く我まどいの子

聖書だく子人の御親《みおや》の墓に伏して弥勒《みろく》の名をば夕に喚びぬ

聖書抱く我なれど君の両親の墓にて弥勒の名をとなえたり

神ここに力をわびぬとき紅《べに》のにほひ興《きよう》がるめしひの少女《をとめ》

神様もギブアップせり香水に惹《ひ》かれる盲目の少女よ我は

瘦せにたれかひなもる血ぞ猶わかき罪を泣く子と神よ見ますな

瘦せたのは罪の意識のせいじゃない恋そのもののためです神よ

おもはずや夢ねがはずや若人《わかうど》よもゆるくちびる君に映《うつ》らずや

恋しいと思えよ思え若者よ燃えるくちびる瞳に映し

君さらば巫山《ふざん》の春のひと夜妻《よづま》またの世までは忘れるたまへ

さようなら我ははかなきひと夜妻来世で逢えるまでさようなら

あまきにがき味うたがひぬ我を見てわかきひじりの流しにし涙

若き僧の涙の意味はわからねど見つめられていたのは私

歌に名は相問《あひと》はざりきさいへ一夜《ひとよ》ゑにしのほかの一夜とおぼすな

名を問わず歌を交わしたあの夜をよくある一夜と思わないでね

水の香をきぬにおほひぬわかき神草には見えぬ風のゆるぎよ

水の香《か》を神は衣で隠したり草に内緒で風吹かせたり

ゆく水のざれ言きかす神の笑まひ御歯《みは》あざやかに花の夜あけぬ

川音を戯れ言と聞き神が笑うその歯の白さに明ける花の夜

百合にやる天《あめ》の小蝶のみづいろの翅《はね》にしつけの糸をとる神

みづいろの小蝶の翅のしつけ糸とって百合へと飛ばしやる神

ひとつ血の胸くれなゐの春のいのちひれふすかをり神もとめよる

我が胸に燃えいる春のくれないのいのちの香り君に与えん

わがいだくおもかげ君はそこに見む春のゆふべの黄《き》雲《くも》のちぎれ

今我の心が君へ飛んでゆく春の夕べの金のちぎれ雲

むねの清水あふれてつひに濁りけり君も罪の子我も罪の子

心からあふれて濁る恋の水　君も罪の子我も罪の子

うらわかき僧よびさます春の窓ふり袖ふれて経くづれきぬ

若き僧起こそうとする春の窓ふり袖ふれて経が崩れる

今日《けふ》を知らず智慧の小石は問はでありき星のおきてと別れにし朝

牽牛《けんぎゅう》と織り姫のように別れねばならぬ朝なり心うしなう

春にがき貝多羅葉《ばいたらえふ》の名をききて堂の夕日に友の世泣きぬ
つい我は泣けり出家の友人は貝多羅葉《ばいたらよう》のことなど話す

ふた月を歌にただある三本樹《ぼんぎ》加茂川千鳥恋はなき子ぞ
ふた月をただ作歌する三本樹加茂川千鳥よ我に恋はなし

わかき子が乳《ちゝ》の香まじる春雨に上羽《うはば》を染めむ白き鳩われ

甘く濃く乳の香りのする雨に羽を染めたし我は白鳩

夕ぐれを花にかくるる小狐のにこ毛にひびく北嵯峨の鐘

夕暮れの桜の下の子狐のにこ毛にひびく北嵯峨の鐘

見しはそれ緑の夢のほそき夢ゆるせ旅人かたり草なき

我の見た夢は緑の地味な夢　旅人に語るほどのことなし

胸と胸とおもひことなる松のかぜ友の頬を吹きぬ我頬を吹きぬ

それぞれの思いを秘めて友と我　歩けばそれぞれに吹く松のかぜ

野茨《のばら》をりて髪にもかざし手にもとり永き日野辺に君まちわびぬ

野ばら折り髪に飾って手に持って君待ちわびる夏の夕暮れ

春を説くなその朝かぜにほころびし袂だく子に君こころなき

それ以上恋とは何か言わないで恋をなくしたばかりの我に

春をおなじ急瀬《はやせ》さばしる若鮎の釣緒《つりを》の細緒くれなゐならぬ

若鮎《わかあゆ》は今青春の川のぼり釣るならば細き真紅の糸で

みなぞこにけぶる黒髪ぬしや誰れ緋鯉のせなに梅の花ちる

水底にけぶる黒髪の美女は誰？　緋鯉《ひこい》の背中に散る梅の花

秋を人のよりし柱にとがめありて梅にことかるきぬぎぬの歌

いっぽんの柱が彼女を彷彿《ほうふつ》とさせてあなたの心を奪う

京の山のこぞめしら梅人ふたりおなじ夢みし春と知りたまへ

京の山の紅白の梅その春に二人は同じ夢を見ていた

なつかしの湯の香梅が香山の宿の板戸によりて人まちし闇

懐かしの湯の香、梅の香　山の宿に入れず君を待った夕闇

詞にも歌にもなさじわがおもひその日そのとき胸より胸に

言葉にも歌にもしない我が恋はその日そのとき胸から胸へ

歌にねて昨夜《よべ》梶の葉の作者見ぬうつくしかりき黒髪の色

歌思い眠れば夢にあらわれた女流歌人の髪美しき

下京《しもぎやう》や紅屋《べにや》が門《かど》をくぐりたる男かわゆし春の夜の月

口紅の店から出てくるいい男　京都の春の月が照らせり

枝折戸あり紅梅さけり水ゆけり立つ子われより笑みうつくしき

しおり戸あり紅梅咲けり水ゆけり我より少女の笑み美しき

しら梅は袖に湯の香は下のきぬにかりそめながら君さらばさらば

ブラウスに梅の香、下着に湯の香り残してかすかなサヨナラが来る

二十《はた》とせの我世の幸《さち》はうすかりきせめて今見る夢やすかれな

恋らしい恋もなかった二十年せめて今見る夢かなえてよ

二十《はた》とせのうすきいのちのひびきありと浪華の夏の歌に泣きし君

幸《さち》薄く恋なき我の二十年が歌ににじむと泣いてくれた君

かつぐきぬにその間《ま》の床《とこ》の梅ぞにくき昔がたりを夢に寄する君

夢に見た昔の恋の話など聞きたくもないシーツをかぶる

それ終に夢にはあらぬそら語り中《なか》のともしびいつ君きえし

その話夢ではないと直観す二人の間のともしび消えて

君ゆくとその夕ぐれに二人して柱にそめし白萩の歌

別れねばならぬ夕暮れ二人して柱に刻む恋の暗号

なさけあせし文みて病みておとろへてかくても人を猶恋ひわたる

冷めはてた手紙を読んで病み伏せてそれでも人は人を恋する

夜の神のあともとめよるしら綾の鬢の香朝の春雨の宿

春雨の降る朝の宿　夜の神が女の髪の香《か》に誘われる

その子ここに夕片笑《ゆふかたゑ》みの二十《はたち》びと虹のはしらを説くに隠れぬ

夕暮れに微笑む二十歳《はたち》　恋愛のことを話せば隠れてしまう

このあした君があげたるみどり子のやがて得む恋うつくしかれな

この朝に生まれた君の赤ちゃんがやがて得る恋うつくしくあれ

恋の神にむくいまつりし今日の歌ゑにしの神はいつ受けまさむ

恋の神に捧げる歌はもう十分　次はもちろん縁結びの神

かくてなほあくがれますか真善美わが手の花はくれなゐよ君

真善美なんて理屈はもういいの紅《くれない》の恋の花を摘んでよ

くろ髪の千すぢの髪のみだれ髪かつおもひみだれおもひみだるる

くろ髪の千の乱れのみだれ髪そのように恋に乱れるこころ

そよ理想《りさう》おもひにうすき身なればか朝の露草《つゆくさ》人ねたかりし
そうなのよ愛しあうのが理想なの　でも現実は嫉妬している

とどめあへぬそぞろ心は人しらむくづれし牡丹さぎぬに紅き
とどまらぬ君への思いは薔薇の花ドレスに赤く散る薔薇の花

『あらざりき』そは後《のち》の人のつぶやきし我には永久《とせ》のうつくしの夢
「そうじゃない」君はぽつりと言うけれど我には永久《とわ》の美しき恋

行く春の一絃《ひとを》一柱《ひとち》におもひありさいへ火《ほ》かげのわが髪ながき
ゆく春の思いポロンと弾くピアノ灯火の下の我が髪長し

のらす神あふぎ見するに瞼《まぶた》おもきわが世の闇の夢の小夜中《さよなか》
ありがたい神の言葉も聞き流すだって私は恋の真夜中

そのわかき羊は誰に似たるその瞳《ひとみ》の御《み》色《いろ》野は夕なりし

「恋の野を迷う羊」と我を呼ぶ君の瞳が迷っているわ

あえかなる白きうすものまなじりの火かげの栄《はえ》の咀《のろ》はしき君

シースルーの我はともしびに照らされて君に見られる呪わしいほど

紅梅の京都でデートしたけれど叔母の尼住む寺には行かず

紅梅にそぞろゆきたる京の山叔母の尼すむ寺は訪はざりし

とりどりの色ある花に囲まれて棺のなかの友美しき

くさぐさの色ある花によそはれし棺《ひつぎ》のなかの友うつくしき

春なのに色なし草がぼうぼうの青春でしたこの五年間

五つとせは夢にあらずよみそなはせ春に色なき草ながき里

すげ笠にあるべき歌と強ひゆきぬ若葉よ薫《かを》れ生《い》駒葛城《こまかつらぎ》

「歌人なら歌を詠んで」と囁いた　若葉よ薫れ生駒葛城

裾たるる紫ひくき根なし雲牡丹が夢の真昼《まひる》しづけき

紫の雲たれこめる真昼間に牡丹《ぼたん》が静かな夢を見ている

紫のわが世の恋のあさぼらけ諸手《もろで》のかをり追風《おひかぜ》ながき

我が恋は今こそ夜明け両手には幸せの花、背中には風

このおもひ真昼の夢と誰か云ふ酒のかをりのなつかしき春

恋愛は真昼の夢なんかじゃないの譬《たと》えるならば春の日の酒

みどりなるは学びの宮とさす神にいらへまつらで摘む夕すみれ

真面目くさった地味な緑をお勧めの神を無視して摘む夕すみれ

そら鳴りの夜ごとのくせぞ狂《くる》ほしき汝《なれ》よ小《を》琴《ごと》よ片袖かさむ（琴に）

独り寝の我に寄り添う琴の音の狂おしき夜おまえと寝よう（琴への歌）

ぬしえらばず胸にふれむの行く春の小琴とおぼせ眉やはき君（琴のいらへて）

美しいあなたの胸に抱かれたいそんな思いの春の琴です（琴からの返事の歌）

去年《こぞ》ゆきし姉の名よびて夕ぐれの戸に立つ人をあはれと思ひぬ

去年逝きし姉の名呼びて夕暮れの戸に立つ義兄《あに》をあわれと思う

十九《つづ》のわれすでに菫を白く見し水はやつれぬはかなかるべき

恋愛は色なきすみれ水のない川と思った十九の私

ひと年をこの子のすがた絹に成らず画の筆すてて詩にかへし君

一年をかけても女を描けなくて画《え》の筆捨てて詩に替えた君

白きちりぬ紅きくづれぬ床《ゆか》の牡丹五山《ざん》の僧の口おそろしき

恋愛の花がはらはら散ってゆく分別くさい男の前に

今日の身に我をさそひし中《なか》の姉小町《こまち》のはてを祈れと去《い》にぬ

我が恋を助けた姉のアドバイス「小町のような晩年はダメ」

秋もろし春みじかしをまどひなく説く子ありなば我れ道きかむ

「青春は短い」なんてあきらめて長い人生どう過ごすのか

さそひ入れてさらばと我手はらひます御衣《みけし》のにほひ闇《やみ》やはらかき

あなたから誘ったくせに知らぬふり闇に漂う香を抱きしめる

病みてこもる山の御堂に春くれぬ今日《けふ》文ながき絵筆とる君

病みこもる山の御堂に春が暮れ長い手紙が君から届く

河ぞひの門《かど》小雨ふる柳はら二人《ふたり》の一人《ひとり》めす馬しろき

川沿いの柳の小雨に騎士がゆくそのうち一人は白馬に乗って

歌は斯くよ血ぞゆらぎしと語る友に笑まひを見せしさびしき思

「歌読んで血が燃えたわ」と言う友にちょっと寂しく笑ってみせる

とおもへばぞ垣をこえたる山ひつじとおもへばぞの花よわりなの

理不尽な恋と思えど理不尽な恋だからこそ垣根を越えた

庭下駄に水をあやぶむ花あやめ鋏《はさみ》にたらぬ力をわびぬ

庭下駄に鋏を持って近づけど池に落ちそうあやめは切れず

柳ぬれし今朝《けさ》門《かど》すぐる文づかひ青貝《あをがひ》ずりのその箱ほそき

今朝は雨　柳の下行くポストマンどんな手紙を運んでいるの

『いまさらにそは春せまき御胸なり』われ眼をとぢて御手にすがりぬ

「ひきかえすなんて今さら言わせない」目を閉じて君に飛び込んでゆく

その友はもだえのはてに歌を見ぬわれを召す神きぬ薄黒き

失恋を作品化する友あれど我には不吉な神しか見えず

そのなさけかけますな君罪の子が狂ひのはてを見むと云ひたまへ

お情けはいらないいちゃんと見てほしい恋に狂った我のすべてを

いさめますか道ときますかさとしますか宿世のよそに血を召しませな

諫《いさ》めますか道説きますか諭《さと》しますか世の中なんていいから抱いて

もろかりしはかなかりしと春のうた焚くにこの子の血ぞあまり若き

脆《もろ》かった儚《はかな》かったとこの恋を過去にはできぬ今生きている

夏やせの我やねたみの二十妻《はたちづま》里居《さとゐ》の夏に京を説く君

夏やせの我は嫉妬の二十妻《はたちづま》　君の心にいる人を知る

こもり居に集《しう》の歌ぬくねたみ妻五月《さつき》のやどの二人《ふたり》うつくしき

ジェラシーはまだあるけれど『みだれ髪』の歌選ぶとき二人はひとつ

舞姫

人に侍る大堰《おほゐ》の水のおばしまにわかきうれひの袂の長き

恋人ともたれる欄干の舞姫の袂《たもと》の長さは憂いの長さ

くれなゐの扇に惜しき涙なりき嵯峨のみぢか夜暁《あけ》寒かりし

華やかな扇の陰に涙ありたとえば嵯峨の短き逢瀬《おうせ》

朝を細き雨に小鼓《こつづみ》おほひゆくだんだら染の袖ながき君

舞姫が朝の小雨の中をゆくだんだらの袖に鼓《つづみ》かばって

人にそひて今日《けふ》京の子の歌をきく祇園清水《ぎをんきよみづ》春の山まろき

恋人と春の舞姫の歌を聞く祇園清水まろやかな山

くれなゐの襟にはさめる舞扇《まひあふぎ》酔のすさびのあととめられな

くれないの襟にはさんだ舞扇酔った男の落書き注意

桃われの前髪ゆへるくみ紐《ひも》やときいろなるがことたらぬかな

桃われの前髪を結う組み紐《ひも》が地味な色ゆえ物足りなくて

浅黄地に扇ながしの都染《みやこぞめ》九尺のしごき袖よりも長き

浅黄地《あさぎじ》に扇もようの京友禅　三メートルのしごきの帯よ

四条橋《ばし》おしろいあつき舞姫のぬかささやかに撲《う》つ夕あられ

四条橋おしろいあつき舞姫の額ささやかに打つ夕あられ

さしかざす小傘《をがさ》に紅き揚羽《あげは》蝶《てふ》小褄とる手に雪ちりかかる

さしかざす傘の模様は赤き蝶　舞妓《まいこ》の手には雪降りかかる

舞姫のかりね姿ようつくしき朝京《きやう》くだる春の川舟

京の春の朝の川ゆく船の上うたた寝をする舞姫うつくし

紅梅に金糸のぬひの菊づくし五枚かさねし襟なつかしき

紅《べに》の地に金糸刺繡の菊の花　五枚重ねの襟の舞妓よ

舞ぎぬの袂に声をおほひけりここのみ闇の春の廻廊《わたどの》

その人と気づいて声を押さえたのここのみ闇の春の廊下に

まこと人を打たれむものかふりあげし袂このまま夜をなに舞はむ

振り上げた手だけど君を打てなくてこのまま舞うわリクエストして

三たび四たびおなじしらべの京の四季おとどの君をつらしと思ひぬ

三たび四たび歌わせられる「京の四季」うんざりしちゃうわこのオヤジには

あてびとの御膝《みひざ》へおぞやおとしけり行幸源氏《みゆきげんじ》の巻絵《まきゑ》の小櫛《をぐし》

ハンサムな紳士の膝へなんてことうっかり櫛を落としてしまう

しろがねの舞の花櫛おもくしてかへす袂のままならぬかな

白銀の豪華な櫛が重たくてうまく舞えない身をかわせない

四とせまへ鼓うつ手にそそがせし涙のぬしに逢はれむ我か

四年前鼓うつ手に涙させた恋しい人にはもう逢えぬ我

おほつゞみ抱《かゝ》へかねたるその頃よ美《よ》き衣《きぬ》きるをうれしと思ひし

大鼓《おおつづみ》よいしょと抱えた幼き日きれいな着物がただ嬉しかった

われなれぬ千鳥なく夜の川かぜに鼓拍子《つづみびやうし》をとりて行くまで

慣れました冷たき風のなかを行くときにも拍子をとる舞妓です

いもうとの琴には惜しきおぼろ夜よ京の子とひし鼓のひと手

妹の下手な琴にはもったいない朧月夜《おぼろづきよ》よ舞妓恋しき

よそほひし京の子すゑて絹《きぬ》のべて絵の具とく夜を春の雨ふる

着飾った舞妓を前に絹ひろげ絵の具とく夜を春の雨ふる

そのなさけ今日舞姫《まひひめ》に強《し》ひますか西の秀才《すさい》が眉よやつれし

その恋を今夜舞妓に告げますか秀才の君のやつれた顔よ

春思

いとせめてもゆるがままにもえしめよ斯くぞ覚ゆる暮れて行く春

春はもう暮れてゆきますひたすらに燃えるがままに燃えてゆきたい

春みじかし何に不滅《ふめつ》の命ぞとちからある乳を手にさぐらせぬ

春みじかし不滅の命などないと弾《はじ》ける乳房に君をみちびく

夜《よ》の室《むろ》に絵の具かぎよる懸想《けさう》の子太古の神に春似たらずや

たまらずに恋人の部屋を訪れる青年は神話の神に似ている

そのはてにのこるは何と問ふな説くな友よ歌あれ終《つひ》の十字架

恋愛の果てに残るは何なんて問わなくていい　歌は十字架

わかき子が胸の小琴の音《ね》を知るや旅ねの君よたまくらかさむ

我が胸に高鳴る琴の音を聞いて旅人よ今夜は一緒に寝よう

松かげにまたも相見る君とわれゑにしの神をにくしとおぼすな

偶然にまた逢えたこと喜んでくれていますか縁《えん》と思って

きのふをば千とせの前の世とも思ひ御手なほ肩に有りとも思ふ

昨日《さくじつ》が千年前にも感じられまだ手が肩にあるとも思う

歌は君酔ひのすさびと墨ひかばさても消ゆべしさても消ぬべし

「酔ってた」と君は恋歌消すけれど私の心はもう消せないの

神よとはにわかきまどひのあやまちとこの子の悔ゆる歌きかすな

若き日の恋は惑いと悔いる歌　神様にだって聞かせはしない

湯あがりを御風《みかぜ》めすなのわが上衣《うはぎ》ゑんじむらさき人うつくしき

湯ざめしちゃダメよと我のむらさきの上着かければ君にほれぼれ

さればとておもにうすぎぬかづきなれず春ゆるしませ中《なか》の小屏風

覆面をして会うわけにもいきませぬ屏風《びょうぶ》を立てて話しましょうよ

しら綾に鬢の香しみし夜着《よぎ》の襟そむるに歌のなきにしもあらず

髪の香の染みたベッドの思い出を書きつけようか、なくはない、でも

夕ぐれの霧のまがひもさとしなりき消えしともしび神うつくしき

夕暮れの霧は前兆だったのかともしび消えて結ばれる恋

もゆる口になにを含まむぬれといひし人のをゆびの血は涸れはてぬ

口紅にしろとあなたが差し出した小指の血では物足りないの

人の子の恋をもとむる唇に毒ある蜜をわれぬらむ願ひ

恋に恋する若者のくちびるに毒ある蜜を塗ってやりたい

三年間君の名を見ず詩を読まず終わった恋と思いたいから
ここに三とせ人の名を見ずその詩よまず過すはよわきよわき心なり

くれないの朝靄かかる梅の谷に山うつくしく我うつくしく
梅の渓の靄《もや》くれなゐの朝すがた山うつくしき我れうつくしき

ぬしや誰れねぶの木かげの釣床《つりどこ》の網《あみ》のめもるる水色のきぬ
誰かしら合歓《ねむ》の木陰のハンモック青いドレスがちらりと見える

歌に声のうつくしかりし旅人の行手の村の桃しろかれな
美しき声の青年旅先で恋の桃の実色づかせるな

朝の雨につばさしめりし鶯を打たむの袖のさだすぎし君
朝の雨に濡れた鶯打ち落とす女を見れば恋とは無縁

御手づからの水にうがひしそれよ朝かりし紅筆《べにふで》歌かきてやまむ

君の手が触れたその水その筆の愛しさ歌はその筆で書く

春寒《はるさむ》のふた日を京の山ごもり梅にふさはぬわが髪の乱れ

春寒き二日を君と過ごす京　梅に似合わぬ我が乱れ髪

歌筆を口紅のために借りたけど凍ってしまう春さむき朝

歌筆を紅《べに》にかりたる尖凍《さきい》てぬ西のみやこの春さむき朝

春の宵に小さく鐘を撞《つ》いてみたお堂の階段二十七段

春の宵をちひさく撞きて鐘を下《お》りぬ二十七段堂《だん》のきざはし

ゆく川の流れはもとの水ならず心もそうと気づかぬ危険

手をひたし水は昔にかはらずとさけぶ子の恋われあやぶみぬ

病むわれにその子五つのおとなりつたなの笛をあはれと聞く夜

病む我のためにつたない笛を吹く五つの坊や　しみじみと聞く

とおもひてぬひし春着の袖うらにうらみの歌は書かさせますな

うらみ節あなたを思って縫う春の衣の裏に書かせないでね

かくて果つる我世さびしと泣くは誰ぞしろ桔梗さく伽藍《がらん》のうらに

恋も知らず尼となる身を泣くは誰しろ桔梗《ききょう》咲く伽藍の裏に

人とわれおなじ十九のおもかげをうつせし水よ石津川の流れ

彼も我も同じ十九の面影をうつした水よ石津川の流れ

卯の花を小《を》傘《がさ》にそへて褄《つま》とりて五月雨わぶる村はづれかな

卯《う》の花を持って傘さす村はずれドレスの裾が気になる五月

雛壇の殿に明かりを捧げれば我が前髪に散る桃の花

大御油《おほみあぶら》ひひなの殿《との》にまゐらするわが前髪に桃の花ちる

夏花に多くの恋をゆるせしを神悔い泣くか枯野ふく風

枯野ふく風は嘆息　夏の花に多くの恋を許した神の

道を云はず後を思はず名を問はずここに恋ひ恋ふ君と我と見る

世間体道徳来世関係ないここにいるのは恋する二人

魔に向ふつるぎの束《つか》をにぎるには細き五つの御指《みゆび》と吸ひぬ

「邪魔をする奴らに勝って」剣をにぎるあなたの細き指にキスする

消えむものか歌よむ人の夢とそはそは夢ならむさて消えむものか

この恋が消えてたまるか歌よみの一時の夢となってたまるか

恋と云はじそのまぼろしのあまき夢詩《し》人《じん》もありき画だくみもありき

恋とまで言わないけれど夢を見た　詩人もいたわ絵描きもいたわ

君さけぶ道のひかりの遠《をち》を見ずやおなじ紅《あけ》なる靄《もや》たちのぼる

君の言う道徳とやらの遠方に恋という名の真実もある

かたちの子春の子血の子ほのほの子いまを自在の翅《はね》なからずや

美しく若くひたすら燃えやすく自在という名の羽を持つ我

ふとそれより花に色なき春となりぬ疑ひの神まどはしの神

ちょっとしたことであなたを疑ったその日から色を失った恋

うしや我れさむるさだめの夢を永久《とは》にさめなと祈る人の子におちぬ

平凡な女ね我も終わりある恋を永久《とわ》にと祈るだなんて

わかき子が髪のしづくの草に凝りて蝶とうまれしここ春の国

若き娘の髪のしずくが草に落ち固まり生まれた蝶というもの

結願《けちぐわん》のゆふべの雨に花ぞ黒き五尺こちたき髪かるうなりぬ

結願《けちがん》の夕べの雨に濡らされて黒くなる花、軽くなる髪

罪おほき男こらせと肌きよく黒髪ながくつくられし我れ

完璧なボディに我は作られた「男」なるもの懲《こ》らしめるため

そとぬけてその靄《もや》おちて人を見ず夕の鐘のかたへさびしき

会いたくて夕べの鐘のそばに来たけれど会えない靄は晴れても

春の小川うれしの夢に人遠き朝を絵の具の紅き流さむ

夢にみた君を思って春の朝小川に絵の具の赤を流そう

虹のように軽い恋しか知らぬ人すなわちそれは古くさい恋

もろき虹の七いろ恋ふるちさき者よめでたからずや魔神《まがみ》の翼《つばさ》

酔って泣く女をちくりと刺したのは男の言葉なのです神よ

酔に泣くをとめに見ませ春の神男の舌のなにかするどき

その酒の濃きあぢはひを歌ふべき身なり君なり春のおもひ子

「恋」という名のカクテルを味わって思う存分歌作ろうよ

花にそむきダビデの歌を誦せむにはあまりに若き我身とぞ思ふ

恋をせず聖書の詩など口ずさむなんてできない若き肉体

みかへりのそれはた更につらかりき闇におぼめく山吹垣根

ふりむけばさらに辛《つら》さがこみあげて闇にぼんやり山吹《やまぶき》垣根

ゆく水に柳に春ぞなつかしき思はれ人に外ならぬ我れ

ゆく水に柳に春がやってきた確かに我は恋されている

その夜かの夜よわきためいきせまりし夜琴にかぞふる三とせは長き

ためいきや弱気の夜もあったっけピアノ弾きつつ思う三年

きけな神恋はすみれの紫にゆふべの春の讃嘆《さんたん》のこゑ

夕暮れの春のすみれの紫は恋への賛辞　神様聞いて

病みませるうなじに繊《ほそ》きかひな捲きて熱にかわける御口《みくち》を吸はむ

病床の君のうなじに腕からめ乾いた口にキスしてあげる

天の川そひねの床のとばりごしに星のわかれをすかし見るかな

天の川君と二人のベッドから七夕の星の別れ見ていた

染めてよと君がみもとへおくりやりし扇かへらず風秋《あき》となりぬ

恋の歌書いてと君に言ったのに扇返らず風秋となる

たまはりしうす紫の名なし草うすきゆかりを歎きつつ死なむ

いただいた薄紫の名なし草のはかない縁を嘆いて死のう

うき身朝をはなれがたなの細柱《ほそばしら》たまはる梅の歌ことたらぬ

離れがたい朝に似合わぬ梅の歌こんな歌じゃあ物足りないわ

さおぼさずや宵の火かげの長き歌かたみに詞あまり多かりき

愛の歌たがいに作った夜だけど言葉があまりに多すぎたわね？

その歌を誦《ず》します声にさめし朝なでよの櫛の人はづかしき

はな唄に目覚めた朝よ「梳《と》かせば？」と櫛渡された我は恥ずかし

明日《あす》を思ひ明日の今おもひ宿の戸に倚る子やよわき梅暮れそめぬ

別れゆく明日《あした》を思う明日《あす》の今を思うよ梅に夕暮れがくる

金色《こんじき》の翅《はね》あるわらは躑躅《つつじ》くはへ小《を》舟《ぶね》こぎくるうつくしき川

キューピッドが躑躅《つつじ》の花を口にくわえ小舟こぎくる美しき川

月こよひいたみの眉はてらさざるに琵琶だく人の年とひますな
月は今夜かなしい女を照らさない悲しい女の年も聞かない

恋をわれもろしと知りぬ別れかねおさへし袂風の吹きし時
「行かないで」君の上着をつかめども風が邪魔する恋は割れ物

星の世のむくのしらぎぬかばかりに染めしは誰のとがとおぼすぞ
罪知らず恋知らぬ我の白き衣こんなに染まったのは誰のせい？

わかき子のこがれよりしは鑿《のみ》のにほひ美妙《みめう》の御相《みさう》けふ身にしみぬ

名作という名にひかれた若き日よ今ならわかるその美しさ

清し高しさはいへさびし白銀《しろがね》のしろきほのほと人の集《しう》見し（酔茗の君の詩集に）

清く高くけれど寂しいシルバーの炎のような詩集を読んだ

雁《かり》よそよわがさびしきは南なりのこりの恋のよしなき朝夕《あさゆふ》

寂しさは南へ向かう雁《かり》のよう心残りの恋の行方よ

来し秋の何に似たるのわが命せましちひさし萩よ紫苑よ

来る秋の何に似ているわが命　萩や紫苑《しおん》じゃ小さい狭い

柳あをき堤にいつか立つや我れ水はさばかり流とからず

柳青き堤にいつか立っていた川の流れはゆるやかだった

無抵抗な鳩に無実の罪を着せ偉そうな人よどうぞお幸せに

幸《さち》おはせ羽やはらかき鳩とらへ罪ただしたる高き君たち

美しいしろがねの鞭《ひち》で打つように綺麗な言葉で傷つける人

打ちますにしろがねの鞭うつくしき愚かよ泣くか名にうとき羊《ひつじ》

誰に似むのおもひ問はれし春ひねもすやは肌もゆる血のけに泣きぬ

「誰のような恋がしたい？」と問われてもわけもわからず燃えている肌

庫裏《くり》の藤に春ゆく宵のものぐるひ御経《みきやう》のいのちうつつをかしき

寺の娘が恋に狂って経を読むその言葉には正しきいのち

春の虹ねりのくけ紐たぐりますす羞《はちろ》ひ神《がみ》の暁《あけ》のかをりよ

春の虹まるで女神が後朝《きぬぎぬ》に恥ずかしそうにたぐる腰ひも

君の肩に臙脂《えんじ》の我のブラウスをかけるわ恋がかなうようにと

室《むろ》の神に御肩《みかた》かけつつひれふしぬゑんじなればの宵の一襲《ひとかさね》

今ここに恋と青春歌います歌集編みます我は天才

天《あめ》の才《さい》ここににほひの美しき春をゆふべに集《しう》ゆるさずや

消えて凝《こ》りて石と成らむの白桔梗秋《しろききやう》の野《の》生《おひ》の趣味《しゆみ》さて問ふな

はかなくも消えて石となる白桔梗の精のようには生きたくないの

歌の手に葡萄をぬすむ子の髪のやはらかいかな虹のあさあけ

君という葡萄《ぶとう》を盗む我が髪がやさしくなびく虹の朝明け

そと秘めし春のゆふべのちさき夢はぐれさせつる十三絃よ

春の夕べ小さく芽生えた恋心ピアノ弾くうち忘れてしまう

あとがき

晶子の匂い

はじめて『みだれ髪』一冊を通して読んだのは、二十歳のころのことだった。私は学生で、短歌というものに興味を持ち、おずおずと作りはじめていた。作るからには、やはり過去の大先輩のものを読んでみよう、そんな軽い気持ちで文庫本を手にとった。

『みだれ髪』は与謝野晶子が二十二歳のときの第一歌集で、浪漫主義の恋の歌集といわれている。出版された明治三十四年当時は、文壇、歌壇に衝撃を与えただけでなく、若い人たちが熱狂したらしい。だったら今の私でも、注釈なしでスラスラ読めるだろう、と思った。多少言葉は古めかしいだろうけど、いちおう私も大学の文学部（しかも日本文学科）の学生だもんね……。

が、その甘い予想は大きくはずれた。正直言って、半分も意味がわからない。それまでも、いくつかの有名な歌は、教科書などで読んで知っていた。そういう何首かに出会うと、ほっとするぐらいよくわかるのだが、それ以外のものは「?」の連続だった。

不安になって、解説書や研究書の類をひもといた。そうして、解釈や鑑賞が、かなり揺れていることを知った。私が短歌を作るきっかけとなった佐佐木幸綱先生の本には、こう書いてある。

「『みだれ髪』には事実、意味が曖昧で難解な歌が多い。独特の言いまわし、思い切った省略、論理的飛躍、舌足らずな表現、曖昧な用語等が少なくなく、ときには文法的誤用さえ見られるのである。(中略)だが、そうした技巧的未熟さがマイナス点ばかりにはならなかった。未熟さが大胆さを引き出しもした。思い切って大胆な措辞が、〈意味的曖昧性〉という新しい世界を短歌に持ち込んだ点についてはすでに記した通りだが、それだけではなかった。新しい愛唱性をも生み出した事実に目を向けなければなるまい。」

(『鑑賞日本現代文学32　現代短歌』より)

なあんだ、そうだったのか、と胸をなでおろす。そうして「わかってやるぞ」という気持ちを捨てて、言葉の音楽を聴くように入ってゆくと、『みだれ髪』はとても素敵な世界に変わった。短歌のリズムというものの、うむをいわせぬ力というものを、私は教えられた。

晶子の三十一文字を、自分の三十一文字で翻訳する――こんな試みができるのも、『みだれ髪』という歌集が、さまざまな解釈を許す、懐の深さを持っているからだ。

また、翻訳を思い立った理由のひとつに、かつて高校で国語を教えていたころの苦い思い出がある。教科書に載っている、比較的わかりやすい短歌でも、今の生徒たちには理解しづらいようだった。

単語の意味や文法の説明を重ね、まるで因数分解をするように短歌を読むという作業。現代語訳にたどりついたときには、晶子の短歌の持つ匂いなんて、すっかりなくなっている。

「こんなんだったら、意味もわからず口ずさんでいるほうが、よっぽどマシやなあ」とさえ思った。意味なんて、いつかふっとわかる時がくる。それでいいのに。晶子の短歌に自分が感じた魅力を、生徒たちに伝えられないもどかしさが残った。

だから本書の試みは、「意味を理解してもらうための訳」というより、「晶子の短歌の匂いを感じてもらう訳」というのを目指したつもりだ。もちろん、ある程度は言葉の交通整理をして、もとの歌の極端なわかりにくさは解消した。そのうえで匂いを残すことは、とてもむずかしい。それがもし、できているとしたら、短歌の持つ五七五七七というリズムのおかげだと思う。

翻訳をしている私自身も、短歌を作る一人の人間だ。だから三十一文字に言葉を紡ぐときには、自分流がどうしても出てしまう。それを無理に消そうとすると、リズムがぎくしゃくしてしまって、かえって不自然だ。だったらむしろ、楽しんでしまおう、と思った。自分の短歌として納得のいくように、推敲は、自分自身の作品を仕上げるつもりでおこなった。

チョコレート語というのは、そんなわけで、多分に「私っぽい」訳になりました、という程度の意味だ。甘くて、ちょっぴり苦くて、食べすぎはよくないと思いつつ、つい手を出してしまう……そんなふうになっていればいいなという希望も、こめて。（チョコレートというのは、最新歌集『チョコレート革命』にちなんでいます。蛇足ですが。）

さて、I巻には、『みだれ髪』の前半の三つの章をおさめた。いうまでもなく、この歌集の背景には、若き日の晶子と、その短歌の師である鉄幹との恋愛がある。

さらに、短歌のよきライバルであり、恋愛でも競っていた山川登美子の存在も大きい。ことに「白百合」の章では、晶子、鉄幹、登美子の三人の恋愛模様が中心的に描かれている。

白百合とは、鉄幹が登美子に付けていた別名のことで、晶子は白萩と呼ばれた。ずいぶん気障なことをする男だが、鉄幹という人は、彼女たちの恋心が、もっとも大きな文学の力を生み出すことを知っていたのだろう。こんな背景を、心の隅において読むと、さらに短歌たちが生き生きと迫ってくる。

晶子は明治十一年、大阪府堺市の菓子商の三女として生まれ、幼いころから文学少女として育った。堺女学校補習科を卒業、十六歳ごろから作歌をはじめたらしい。明治三十三年に、鉄幹が率いる東京新詩社に入会し、雑誌「明星」に短歌を発表しはじめた。その夏、大阪に来た鉄幹を晶子が訪ねたのが、出会いだった。鉄幹二十七歳、晶子二十一歳のできごとである。

晶子が鉄幹に出会ったときには、彼にはすでに妻子があった。堺の実家を捨てて、上京し、鉄幹の新しい妻となるまでの情熱と心のみだれと。それらがすべて『みだれ髪』を生むエネルギーとなったことは、想像にかたくない。

歌集の中では時おり、若い僧や旅人が登場して、ほのかな恋心を感じさせる場面がある。これらは、現実の何かに取材したというよりは、許されない恋というストーリーを、晶子自身がヒロインとなって、甘い気分で演じているという印象だ。そんな、恋に恋するような初々しさを残しつつ、鉄幹との抜きさしならぬ恋愛のなかで、大胆に晶子の短歌は花開いてゆく。

II巻はまず「はたち妻」というタイトルの章からの出発だ。とどまるところを知らない晶子の恋心に負けぬよう、私自身も、思いきり心を燃やして訳してゆきたい。

俵　万智

（I巻所収）

一九九八年　初夏

胸から胸へ

最後の一首を訳し終えたとき、ふと思った。「こんなに一気に、たくさんの歌を作ったのは、初めてのことかもしれない」。

晶子の短歌を、もう一度自分の三十一文字で詠みなおすという試み。その前半は、晶子の気持ちをさかのぼり、最初の心の揺れをたどってゆく。つまり、どんな思いが晶子に歌を作らせたのかを考える。そして後半は、自分自身が晶子になりきって、その思いを歌につむぐ。

後半の過程だけを取り出せば、自分がふだん短歌を作っているのと、まったく同じことをしていることになる。それを思うと、ちょっと意外だった。『チョコレート語訳　みだれ髪』『みだれ髪Ⅱ』と、一年で二冊も歌集を作ったことになる。こんなことは初めてだ。自分自身の歌集は、五年で一冊ぐらいのペースである。

訳しているときは、晶子がこのあたり（頭の右なので前方あたり）に、おりてきているような気がした。一首、二首、三首……と進むにつれて、歌をつむぐ速度が、だんだん速くなる。意味がつかみにくく、悩んだり迷ったりすることもあったが、そうして停滞していると、このあたり（頭の右なので前方あたり）から晶子にせっつかれるような気がした。「もたもたせんといて。意味なんて、あとからついてくるんやから」と。

こうして振り返ってみると、工程としては、ふだんの自分の短歌作りと同じだが、そこにはものすごい勢いが加わっていた。その勢いをつけてくれたのは、他でもない晶子の短歌たちだ。力強い滝が、ざっと流れ落ちるように、晶子は歌を詠んでいたのだと思う。その勢いこそが、『みだれ髪』を輝かせている大きな要素の一つだ。そのことが理屈ぬきに心にしみ通ってきた結果、私にも不思議な力が与えられたのかもしれない。

一つ一つの歌に向きあっていると、かつては見過ごしていた、どちらかというと地味な歌に、はっとさせられることがあった。たとえば、「はたち妻」の章に、次の一首がある。

詞にも歌にもなさじわがおもひその日そのとき胸より胸に

言葉にも歌にもしない我が恋はその日そのとき胸から胸へ

心情を、そのまま歌ったシンプルな一首だが、私はどきんとした。恋を、次々と作品にしてゆくことへの躊躇《ためら》いが、晶子にもあったのだな、と思う。

もし、ここに歌われているように、晶子が「わがおもひ」を、詞にも歌にもしなかったら、『みだれ髪』という歌集は存在しない。そして、この一首に歌われている「思い」もまた、やはり短歌という形をとって吐露されている。矛盾といえば矛盾だけれど、結局晶子は、根っからの歌人だったのだ、ということだろう。

自分の心に生まれた波は、大波であれさざ波であれ、三十一文字という形にとどめずにはいられなかった。そんな自分の性《さが》を、恐ろしくも思い、また後ろめたくも感じ、晶子はこんな一首を詠んだのかもしれない。

私のほんとうの心は、まず短歌という言葉を通してではなく、その日そのとき、私の胸からあなたの胸へと、ダイレクトに届けたいのです……。

この晶子の気持ちに、私は心から共感する。恋はそうでなくては、と思う。そして次のステップとして、言葉をつむぐ作業があるのだ、と。

正直言って、恋をしているときは、短歌はできやすい。歌を作っている自分にとって、それは嬉しいことであるし、どんどん作って歌作りそのものに夢中になる。心が揺れた瞬間に、もう言葉を探しているようなことも多い。そんなとき「あら、歌のために恋をしているわけじゃないのに」と、ふと思ったりする。けれど一方で、歌わずにはいられない、と感じさせてくれるのが、本当の恋なのだ、とも思う。

そのあたりの微妙な感覚を、晶子が晶子らしい言い切りの口調で言い放ったのが、「詞にも……」の一首なのだろう。「なさじ」と強い口調で言っているが、それは永遠になすまい、というのではなく、いっとう最初の純粋な思いは、直接あなたにぶつけたい、ということなのだと思う。

そして、結果的には、「その日そのとき胸より胸に」届けられた思いが、やがて三十一文字の形を与えられて、今ここにある。短歌を読むことは、その人の心に近づくこと。ある日あるとき胸から胸へ届けられた思いを、そっとかいま見ること。

翻訳という作業を終えて、あらためてそう思う。

以前私は、歌集のあとがきに「短歌は、事実《できごと》を記す日記ではなく、真実《こころ》を届ける手紙で、ありたい。」と書いた。あったことそのまんま、では作品にはならない。それですむなら、言葉を探す苦労などないはずだ。あったことそのまんま、書けばいいのだから。

晶子の恋の相手は、もちろん鉄幹という実在の人物だ。晶子の恋歌は、胸から胸へ、彼に届けられた思いの形であることは確かだと思う。が、たとえば「はたち妻」と、短歌のなかで自分を呼んでいる時点で、晶子はまだ正式に鉄幹と結婚はしていない。でも、晶子の気持ちは「はたち妻」以外のなにものでもなかったのだ、と思う。

「舞姫」の章には、自分が舞姫になりかわって歌っている歌が多数ある。客観的な描写をしたものもあるが、それだけでは物足りないと思ったのかもしれない。舞姫たちの心に迫るための、これも一つの方法だろう。短歌のなかでなら、舞姫になることもできる。言葉は、現実にしばられることなく、自由に飛ぶことができる。その喜びを、たっぷり味わうことのできる章だ。

晶子の実人生を知ることが、短歌の解釈の参考になることも多い。が、それだけにこだわっていると、かえって晶子の心に近づけないのではないか、と思う瞬間もある。結局は、短歌そのものが、一番のヒントなのだ。

この『みだれ髪Ⅱ』には、『みだれ髪』の後半の三章をおさめた。「はたち妻」「舞姫」につづく「春思」の章では、次の一首に目がとまった。決して有名な歌ではないけれど、「詞にも……」の歌と響きあって、恋と作歌との関係について考えさせられる。

消えむものか歌よむ人の夢とそはそは夢ならむさて消えむものか

この恋が消えてたまるか歌よみの一時の夢となってたまるか

歌よりも、まず恋ありき、だったのだなあと思う。もちろん晶子は、この恋が、多くの歌を自分に詠ませてくれたことを、よくわかっている。だけど、それで満足なんてしない。恋という夢から覚めて、短歌が残った——というような経験が、

（残念ながら）私にはある。が、晶子は、そんなの真っ平ごめんだ、と言っている。もしもこの恋が夢だというなら、死ぬまで夢を見てやるわ、という迫力。

そしてほんとうに晶子は、この恋に生きた。それは、十二人の子どもを産んだことをはじめ、さまざまな事実からも推測できるが、なによりも晶子の短歌が、そのことを物語っている。

第一歌集『みだれ髪』のあと、何冊もの歌集を出版した晶子だが、なかでも私が好きなのは『夏より秋へ』と『白桜集』だ。その二冊ともが、鉄幹への深い恋心に支えられている。

三千里《さんぜんり》わが恋人《こひびと》のかたはらに柳《やなぎ》の絮《わた》の散《ち》る日《ひ》に来《きた》る

ああ皐月《さつき》仏蘭西《フランス》の野《の》は火《ひ》の色《いろ》す君《きみ》も雛罌粟《コクリコ》われも雛罌粟《コクリコ》

パリへ留学中の鉄幹を追いかけて、渡欧した際の歌が瑞々しい『夏より秋へ』。結婚して十年、七人の子をなした夫を「わが恋人」と呼んではばからぬ情熱は、まぶしいほどだ。飛行機でひとっ飛びの現在と違い、当時フランスは、遠い遠い国だった。ウラジオストックまで船で、そしてシベリア鉄道でパリへ。日本人女性の一人旅である。晶子の行動力と勇気と、それを支える恋のエネルギーには、脱帽だ。そしてその恋から、生まれてきた短歌たち。

『みだれ髪』が鉄幹への恋の最初のピーク、そして『夏より秋へ』を二度目のピークとするならば、最後の歌集『白桜集』は三度目のピークと言えるだろう。この歌集は、晶子の死後に編まれた遺歌集である。先に亡くなった鉄幹への挽歌が収められており、それらの作品は、挽歌というよりは恋歌と呼ぶにふさわしい。

青空のもとに楓のひろがりて君亡き夏の初まれるかな

封筒を開けば君の歩み寄るけはひ覚ゆるいにしへの文

良寛が字に似る雨と見てあればよさのひろしと云ふ仮名も書く

与謝野寛《よさののひろし》は、鉄幹の本名である。彼が死んだ後も、常に彼の息づかいを感じながら、晶子は生きていたのだなあと思う。

もちろん、二人の長い歴史に、波風が立たなかったわけではない。結婚してからも、他の女に鉄幹が心を奪われることがあったようだし、けんかして鉄幹が家出をするというようなこともあった。が、それも人生でトータルしてみれば、エピソードの一つだ。

最初の歌集『みだれ髪』で晶子が宣言したように、彼女はその恋を、ひとときの夢と終わらせはしなかった。そのことを何よりも端的に示しているのが、彼女の短歌たちなのである。

捨て身で人を恋するためには、傷つくことを恐れない勇気が必要だ。晶子は、その勇気を持っていた人なのだと思う。そして、感覚的な言い方かもしれないが、晶子の恋は、生涯「恋」であって、穏やかな「愛」へと変質することはなかったのではないだろうか。だからこそ、鉄幹は、彼女を受け入れることができたのではないか、と思う。

『みだれ髪』以降、晶子の名声はどんどん高まっていった。いっぽう、かつては文壇の寵児だった鉄幹のほうは、だんだん影が薄くなってゆく。社会的にいえば、晶子のほうが、だんぜん評価された。もともとそうなら、あきらめ（?）もつくかもしれないが、そもそもは鉄幹がスターだったのだから、そのプライドはかなり傷ついただろう。けれど、それは社会的な立場ということであって、男と女という関係では、鉄幹は常に優位にあったのではないかと思う。

「晶子は俺に惚れている」——男としてのプライドは、薄れることはなかった。もし晶子の気持ちが、穏やかな（母のような、あるいは同志のような）愛へと変質していったら、状況は変わっていたのではないだろうか。少なくとも、右にあげたような恋歌は、生まれなかったことだろう。

晶子の生涯と、そこから生み出された短歌を知ると、恋は数じゃないな、とつくづく思う。浅い恋をいくつ重ねても、それはそれでしかない。封建的な考え方や、女はこうあらねばならない、といった押しつけは、晶子の時代に比べると、現代はずいぶん薄らいだ。恋愛に関しても、もはやなんでもあり、といった状況だ。では、そのぶん、みんなが深い恋愛を体験しているかというと、そうでもないように思われる。

晶子は、一人の男性に、長く深く恋することによって、恋愛のさまざまな表情を味わった。弾けるような幸福感、もてあますような情熱、それだけでなく嫉妬や猜疑心など、マイナスの感情をもふくめて、味わいつくした。それは、鉄幹という鏡に映る、自分自身の心を見つめることでもあっただろう。

『みだれ髪』を読んでいると、晶子という人は、かけひきのない人だなあと思う。そこが私は一人の女性として、とても好きだ。こんなに相手のことを、好きだ好きだと言ってしまって大丈夫かしら、と、はらはらしながらも、その無防備に言い放たれた言葉たちを、まぶしく見つめている。私自身も、わりと無防備に人を好きになってしまうたちなので、励まされるような気持ちにもなる。

——もちろんこれは、現時点での、私にとっての晶子像だ。歌人として、また一人の女性として、こんなに興味深い人はいない、と思う。「チョコレート語訳」という試みは、そんな晶子への、私からのオマージュだ。

I巻を読んだ友人からは「これは、『みだれ髪』のカバーヴァージョンね」という感想をもらった。音楽の世界では、名曲が、新たなアレンジでよみがえるということが、珍しくない。普遍的な魅力を持つ曲ほど、時代とともに繰り返しアレンジされ、色あせることがない。『みだれ髪』という歌集は、まさにそんな魅力をそなえた歌集なのだと思う。

一九九八年　秋

俵　万智

（Ⅱ巻所収）

本書は、一九九八年単行本として、二〇〇二年文庫本として、小社より刊行された『チョコレート語訳　みだれ髪』を改題し、新装したものです。なお単行本のⅠ・Ⅱ巻を合本した、文庫本を底本としました。
単行本…Ⅰ巻／一九九八年七月　Ⅱ巻／一九九八年十月
文庫本…二〇〇二年七月（単行本のⅠ・Ⅱ巻を合本）

著者略歴

俵　万智（たわら・まち）

一九六二年、大阪府に生まれる。八五年、早稲田大学第一文学部卒業。八六年、作品「八月の朝」五〇首で第三二回角川短歌賞を受賞。八七年、第一歌集『サラダ記念日』を刊行。同書で第三二回現代歌人協会賞を受賞。他の歌集に『かぜのてのひら』『チョコレート革命』『プーさんの鼻』（第一一回若山牧水賞）『オレがマリオ』など。他の著書に、評論『愛する源氏物語』（第一四回紫式部文学賞）、小説『トリアングル』、エッセイ『旅の人、島の人』など、多数。

俵万智訳　みだれ髪

二〇一八年　五　月三〇日　初版発行
二〇二三年一一月三〇日　3刷発行

著者　与謝野晶子
　　　俵　万智
装幀・本文デザイン―名久井直子
装画―中村佑介
発行者―小野寺優
発行所―株式会社河出書房新社
東京都渋谷区千駄ヶ谷二―三二―二
電話（〇三）三四〇四―一二〇一（営業）
　　　　　三四〇四―八六一一（編集）
https://www.kawade.co.jp/

印刷―中央精版印刷株式会社
製本―小泉製本株式会社

Printed in Japan
ISBN978-4-309-02688-6

河出書房新社＊俵万智の本

サラダ記念日

「この味がいいね」と君が言ったから七月六日はサラダ記念日——口語を使った清新な表現で〝与謝野晶子以来の天才歌人〟と話題になった、鮮烈の第一歌集。280万部のベストセラー！

かぜのてのひら

三度めの春を迎える恋なればシチューを煮こむような火加減——恋。そして4年間教師をした高校の教え子たちとの別れ……『サラダ記念日』刊行後の激動の24歳から28歳までをうたう、感動の第二歌集。

河出書房新社＊俵万智の本

チョコレート革命

眠りつつ髪をまさぐる指やさし夢の中でも私を抱くの——甘くも苦い大人の恋をうたい〝恋愛歌人〟の名を不動のものにした、今なお伝説の歌集。28歳から34歳までの作品を収録。

プーさんの鼻

バンザイの姿勢で眠りいる吾子よ　そうだバンザイ生まれてバンザイ——妊娠・出産・子育て、そして恋をうたいあげる、いのちのうた344首。感動の歌集が、酒井駒子の装画で甦る！　若山牧水賞受賞作。

河出書房新社＊俵万智の本

英語対訳で読むサラダ記念日

J・スタム訳

教科書でもおなじみの、あの歌が、英語になった。美しい日本語と英語が同時に楽しく学べる！『サラダ記念日』が2倍味わえる!!　280万部のベストセラー歌集の対訳版。

旅の人、島の人

虫は怖いし、魚は捌けない。アウトドアが大の苦手だった著者による、石垣島での3年。「旅の人」というには長く、「島の人」というには短い、そんな時間の中で綴られたエッセイ集。